AF357189

COLLECTION

ROGER MARX

OBJETS D'ART MODERNE

CATALOGUE

DES

Objets d'Art Moderne

PORCELAINES, GRÈS, VERRES

Cristaux, Pâtes de Verre, Etains

Émaux translucides, Émaux cloisonnés

PAR :

BESNARD, BRACQUEMOND, BING ET GRONDAHL, BRATEAU, CHAPLET
CHARPENTIER, CHÉRET, CROS, DAMMOUSE
DEJEAN, DELAHERCHE, DESBOIS, DOAT, GAILLARD, GALLÉ, GRANDHOMME
LALIQUE, MOREAU-NÉLATON
ROCHE, RODIN, ROUSSEAU-LÉVEILLÉ, TENICHEFF, THESMAR
ET DES MANUFACTURES DE COPENHAGUE
ROZENBURG ET SÈVRES

Faisant partie de la Collection ROGER MARX

ET DONT LA VENTE PAR SUITE DE DÉCÈS

AURA LIEU A PARIS

GALERIE MANZI, JOYANT

15, RUE DE LA VILLE-L'ÉVÊQUE

LE MERCREDI 13 MAI 1914, A 2 HEURES PRÉCISES

COMMISSAIRES-PRISEURS

Mᵉ F. LAIR-DUBREUIL | **Mᵉ HENRI BAUDOIN**
6, rue Favart | 10, rue de la Grange-Batelière

EXPERT

M. GEO ROUARD, 34, Avenue de l'Opéra

EXPOSITIONS

PARTICULIÈRE : *Le Samedi 9 Mai 1914, de 1 heure 1/2 à 6 heures.*
PUBLIQUE : *Le Dimanche 10 Mai 1914, de 1 heure 1/2 à 6 heures.*

CONDITIONS DE LA VENTE

Elle sera faite au comptant.

Les adjudicataires paieront *dix pour cent* en sus des enchères.

Paris. — Imprimerie de l'Art, Ch. Berger, 41, rue de la Victoire.

DÉSIGNATION

BESNARD (Charlotte)
(DAMMOUSE, céramiste)

1 — *Femme accroupie.* Statuette en grès gris argenté, sur base marron.

Haut., 17 cent.

BRACQUEMOND (Félix)

2 — Médaillon en émaux translucides cloisonnés représentant des brins de muguet liés par un ruban rose. Broche ciselée et émaillée.

Exécuté sous la direction de Bracquemond, dont on lit le monogramme.

Grand diam., 4 cent.

BING et GRONDAHL (Manufacture de Copenhague)

3 — Vase de porcelaine ciselée sur cru, décoré en relief de tiges montantes à feuillages bordés de vert. Les fleurs s'épanouissent en deux frises dont l'une est ajourée.

Signé : *F. Garde.*

Haut., 14 cent.

4 — *Les Perroquets.* Vase de porcelaine ciselée sur cru. A la naissance du col modelé, en léger relief, trois têtes de perroquet. Les huppes dressées, réunies et ajourées, forment le col du vase. Le bec, l'œil et le contour des plumes légèrement colorés. A la base, formant frise, ondulation couleur d'oxyde de fer.

Signé : *E. Hegermann-Lindencrone.*

Haut., 28 cent.

5 — Vase de porcelaine ciselée sur cru de fleurs à jour coloriées au grand feu sur fond d'oxyde de fer.

Signé : *E. Hegermann-Lindencrone.*

Haut., 20 cent.

BRATEAU (Jules)

6 — Plateau et gobelet d'étain, décoré en relief de feuillages et fleurs de trèfle.

Diam. du plateau, 19 cent.; haut. du gobelet, 17 cent.

7 — Plateau et gobelet d'étain, décoré de gui. Au pourtour, l'inscription : *Au gui l'an nouveau.*

Diam. du plateau, 18 cent.; haut. du gobelet, 11 cent.

CHAPLET (Ernest)
(1835-1909)

GRÈS

8 — Grand vase en grès renflé au centre, couleur sang de bœuf à reflets plus clairs. Du col, de forme cubique, naissent aux quatre coins des anneaux en forme d'anses.

Haut., 38 cent.

9 — Vasque en grès de couleur clair de lune. Au centre, coulées violet aubergine qui viennent éclabousser les bords et s'étendent en rayons.

Diam., 42 cent.

10 — Pichet en grès, de forme rustique, dont l'anse fait corps avec le vase. Émail bleu-turquoise ponctué de gris clair.

Haut., 27 cent.

PORCELAINES

11 — Petit mortier émaillé brun-violet et bleu, aux bords striés de vert. Au centre, marbrures roses et bleues.

Diam., 9 cent.

12 — Vase de porcelaine, à deux corps réunis par une couronne de cinq anses symétriquement réparties. Le col est formé d'un bec à léger renflement. Sur l'épaule, coulées rouge-sang venant mourir sur la panse aux tons mauve-gris.

Haut., 15 cent.

13 — Petit vase, de forme ovoïde, piqué violet-marron sur fond gris. Intérieur blanc.

Haut., 10 cent.

CHAPLET (Ernest)

14 — Vase en forme de godet élancé, piqueté de rouge sur un
fond gris laiteux.

Haut., 11 cent.

15 — Grande vasque émaillée se dégradant insensiblement du bleu
turquoise au bleu ciel, puis au violet gris et au rose. Intérieur
bleu ciel.

Haut., 32 cent.; diam., 35 cent.

16 — Plat aux bords délicatement ondulés. L'intérieur d'un rose
tendre est constellé d'un semis vert-argent.

Diam., 27 cent.

17 — Petit vase bleu-vert, brun et semé de rouge sur une face.
A la base, ceinture bleu turquoise à larges coulées. Intérieur
bleu.

Haut., 8 cent.

18 — Vase à long col effilé, laissant transparaître en petites
taches, sous un réseau de gerçures blanches, le fond sang
de bœuf.

Haut., 25 cent.

19 — Vase élancé aux coulées brunes descendant à la base sur
un fond bleu turquoise. Le col, qui s'achève en étroite
ouverture, est orné de quatre petites anses.

Haut., 37 cent.

20 — Bol émaillé, à décor brun grenu, semé de points gris bleu.

Haut., 10 cent.

21 — Vase aux formes élancées, aux tons passant du vert clair au
violet sombre. De haut en bas, sur le fond craquelé et ponctué,
descendent des traînées claires.

Haut., 28 cent.

22 — Vase en forme de boule, de couleur rouge foncé sur fond
gris bleu.

Haut., 13 cent.

CHARPENTIER (Alexandre)
(1856-1909)

23 — Deux cendriers en étain, garnis au centre de médaillons en relief : tête d'enfant et joueur de flûte.

Diam. de chacun d'eux, 13 cent.

CHÉRET (Joseph)
(1838-1894)

24 — Grande vasque en grès, décorée en relief d'une guirlande de nymphes, de génies et de papillons.

Haut., 35 cent.; diam., 42 cent.

COPENHAGUE (Manufacture royale de)

25 — Vase de porcelaine représentant un rivage bordé de peupliers dont les troncs se reflètent dans un lac aux eaux bleues et vertes.

Signé : *Jenny Meyer.*

Haut., 23 cent.

26 — Vase de porcelaine, formé de quatre paons adossés dont les têtes, surmontées d'aigrettes, sont sculptées en relief. Au-dessus des têtes, les flancs du vase sont semés de plumes de paon.

Signé : *E. N.*

Haut., 29 cent.

CROS (Henri)
(1840-1907)

27 — Relief de terre cuite polychromé : Buste de femme vue de face. La tête est légèrement penchée sur l'épaule gauche ; les cheveux sont ornés d'un diadème rayonnant. Les seins nus se modèlent dans la lumière.

Au dos, deux dessins au pinceau sur l'argile naturelle.

Haut., 25 cent.

PATES DE VERRE

28 — Masque : Figure de femme aux yeux bleus et à l'expression douce et sereine. La chevelure encadre le visage.

Haut., 27 cent.

CROS (Henri)

29 — Petit flacon à parfum, de couleur bleue ; sur les deux faces, séparées par deux petits renflements formant anses, masques en relief représentant, l'un le dieu Pan, l'autre Diane et son croissant.

30 — Profil de nymphe blonde aux traits réguliers, laurée sur fond vert.

Diam., 85 cent.

31 — Masque de bacchante, aux yeux d'une couleur dorée et violacée. Les cheveux encadrant le visage sont ornés de pampres aux feuillages verts et aux baies bleues.

Haut., 15 cent.; larg., 11 cent.

32 — *Apollon*. Plateau ovale. Au centre, le visage d'Apollon sculpté sur un soleil aux pétales d'or.

Bordure de lierre à baies bleues.

Haut., 18 cent.; larg., 23 cent.

33 — *La Sirène*. Assiette. Sur le fond couleur bleu-de-France se détache une sphinge ailée au torse rose. Un corbeau est posé sur la flûte dont elle joue. Coupé par le rebord du plat, un masque barbu de profil.

Diam., 22 cent.

34 — *Galathée*. Plat circulaire représentant une grotte marine aux tons opalins, gris, mauves et bleus, avec fond de coquillages et d'algues. Galathée de profil, assise et méditant, est contemplée par Polyphème dont on aperçoit le visage à travers les stalactites.

Diam., 26 cent.

DAMMOUSE (Albert)

GRÈS ET PORCELAINE

35 — Gobelet de porcelaine. Décor émaillé sur fond gris : branches de myosotis à feuillage vert.

Haut., 14 cent.

36 — Gobelet de porcelaine à fond crème ponctué de brun. A la partie supérieure, frise de chrysanthèmes pâles à feuillages verts sur fond bleu foncé.

Haut., 11 cent.

DAMMOUSE (Albert)

37 — Grand vase de grès à fond brun. Décor de pivoines rouges
à feuilles vertes et bleues.

Haut., 30 cent.

38 — Grand vase de grès, décoré d'émaux à relief : hortensias
gris-bleuté et brun-rose à feuillages verts sur fond bleu-
vert.

Haut., 35 cent.

PATES DE VERRE

39 — Petit bol de couleur citron pâle dont les bords se divisent
en cinq pétales d'églantine, bordés de rose. Décoré à la base
de six feuilles vertes en léger relief disposées symétriquement
et séparées chacune par une fleurette rose.

Diam., 66 millim.

40 — Tasse bleu-turquoise, décorée à la partie supérieure de
feuillages jaunissant avec reliefs bleus et taches rosées.

Diam., 7 cent.

41 — Flacon vert et bleu, décoré d'algues en relief.

Haut., 18 cent.

42 — Petit bol, crème et glauque à la base, décoré en léger relief
de trois branches d'algues séparées par trois petits coquillages aux reliefs plus accentués, disposés symétriquement.

Diam., 11 cent.

43 — Bol dont le décor, incrusté sur fond rose translucide, est
formé de feuillages verts et d'anémones épanouies.

Diam., 11 cent.

44 — Coupelle à couronne quadrilobée. Pied de couleur sau-
mon. Décorée au pourtour, sur fond vert, dégradé vers la base,
d'une frise de pervenches incrustées, feuilles, boutons, et fleurs
épanouies.

Haut., 7 cent.

DAMMOUSE (Albert)

45 — Coupelle à couronne quadrilobée. Fond brique. Décorée
sur la panse de chrysanthèmes bruns épanouis aux pétales
cernés de noir, avec feuillages vert foncé et vert pâle. Vues
en transparence, les quatre fleurs sont rose translucide et
enchâssées de brun.

Haut., 7 cent.

46 — Bol, bleu foncé à la base, bleu clair à la partie supérieure
Décoré de roses blanches et de feuillages vert tendre.

Diam., 11 cent.

47 — Petit bol mauve se dégradant vers le haut en un violet
transparent. Décoré symétriquement de sept feuilles de violettes, d'un vert jauni, dressées en léger relief à la base.

Diam., 65 millim.

48 — Petit gobelet de couleur orange, décoré au pourtour de
fougères vert clair disposées symétriquement autour du pied.

Diam., 66 millim.

DEJEAN (Louis)
(MÉTHEY, céramiste)

49 — *Femme en chapeau vêtue d'un grand manteau s'élargissant
à la base. Statuette en grès vert rosé.*
Signée.

Haut., 22 cent.

50 — *Jeune Femme en chapeau. Son corsage est garni de manches
bouffantes ; elle s'avance en relevant sa jupe. Statuette en grès
gris-bleuté.*
Signée.

Haut., 26 cent.

DELAHERCHE (Auguste)
GRÈS

51 — Cruche de grès bleu-vert, ornementée et gravée sous vernis
de deux frises à décor végétal. Époque Paris.

Haut., 19 cent.

DELAHERCHE (Auguste)

52 — Grand vase de grès, craquelé sous vernis gris-bleu, vert et violacé. Orné sur la panse d'un décor emprunté au marronnier : fruits et feuilles gravés sous vernis. Époque Paris.

Haut., 37 cent.

53 — Vase de grès à long col. Coulées vertes à ponctuations rouges et bleues recouvrant la partie supérieure et descendant sur la partie inférieure de grès naturel non verni. Deux ornements accolés à la place des anses. Époque Paris.

Haut., 25 cent.

54 — Large vasque de grès brun à coulées plus claires. La panse est divisée en zones horizontales par des côtes saillantes qui partent de l'ouverture bordée d'un ruban circulaire. A l'intérieur, reflets bleus métallisés. Époque Armentières.

Haut., 15 cent.; diam., 28 cent.

55 — Vase de grès en forme d'urne à petite ouverture. Sur l'épaulement, sillon circulaire. Parties unies rose, lilas avec traînées vert-pâle et parties grenues et mordorées. Époque Armentières.

Haut., 23 cent.

56 — Grand vase de grès à forme d'amphore, décoré à l'épaulement d'une collerette godronnée. Email gris-vert et lilas foncé. Époque Paris.

Haut., 32 cent.

57 — Vasque de grès en forme de corolle évasée. Intérieur gris-beige et gris-perle. Extérieur beige à reflets mordorés et marbrures bleu-vert. Époque Armentières.

Diam., 29 cent.

58 — Vase de grès en forme de cornet. Email beige et rose; intérieur lilas et vert. Époque Armentières.

Haut., 19 cent.

PORCELAINE

59 — Coupe de porcelaine émaillée, aux lèvres mordorées. La base plus claire, d'un gris-verdâtre, est semée de points roses. A l'intérieur, mêmes tonalités. Époque Armentières.

Diam., 18 cent.

DELAHERCHE (Auguste)

60 — Vase de porcelaine, émaillée beige et rose à la partie supérieure. Des coulées brun-violet et vert descendent vers la base, se détachant sur le fond blanc. Époque Armentières.

Haut., 19 cent.

DESBOIS (J.)

61 — Assiette d'étain, à bords chantournés, décorée en relief. Au centre, Léda enlacée par le cygne ; au marli, quatre masques entre lesquels dansent des sirènes enlacées.

Diam., 26 cent.

DOAT (Taxile)

62 — Vase porcelaine en forme de gourde. Tons jaune-vert sur l'épaulement ; des gouttes émaillées en couronne fixent un lambrequin semé de dessins géométriques qui se sectionnent en deux bandes étroites ornées d'un petit masque en relief. Deux autres bandes sont ornées de médaillons à fond vert : enfants musiciens et enfants qui dansent.

Bouchon en forme de fleur de courge aux pétales fermés.

Signé et daté : *1903.*

Haut., 35 cent.

GAILLARD (Lucien)

63 — Loupe. Poignée formée par le corps d'un scarabée. Lentille soutenue par les antennes de l'insecte.

Haut., 24 cent.

GALLÉ (Émile)

CÉRAMIQUE

64 — *Les Nénuphars.* Potiche de faïence à couvercle d'émail gris vert. Décor gravé représentant les rides de l'eau : fleurs et boutons de nénuphars avec paillons d'or. Sur une fleur se pose une grande libellule à reflets d'or. Époque 1884.

Haut., 21 cent.

65 — *Le Tapsia.* Vase de faïence gercée, décor d'émaux sur or : fleurs de tapsia, fougères et vol d'éphémères. Époque 1889.

Haut., 17 cent.

GALLÉ (Émile)
VERRERIE

66 — Crémier ansé en cristal émeraudé ; décor gravé et émaillé : un poisson rouge japonais parmi les algues marines.
Porte l'inscription : *Gallé 1878-1900. Histoire du verre.*
(Réédité par Gallé pour l'*Histoire du verre en 1900*.)

Haut., 14 cent.

67 — Aiguière à couvercle surmontée d'une anse arrondie. Cristal transparent, émaillé d'un décor bleu, brun et vert, de style persan. Époque 1884.

Haut., 16 cent.

68 — *Les Libellules.* Petit pichet ansé en cristal marron. Goulot rétréci à la base et orné en relief léger d'une dentelle fleurie. Sur la panse, taillée et semée de fleurettes, deux libellules, l'une au corps émaillé de rouge, l'autre de brun foncé. Époque 1884.

Haut., 18 cent.

69 — *Émaux sur or.* Vase en forme de petite jardinière ; cristal enfumé gris. Décoré sur la panse de deux larmes latérales et de quatre cabochons en relief. Parcouru d'une frise horizontale d'ornements émaillés, brun rouge sur or, tracés sur un réseau de traits noirs. Époque 1884.

Diam., 11 cent.

70 — *La Cigale.* Vase orné d'un semis gravé à imitation de tissu et décoré en brun d'une cigale et de rubans émaillés sur fond beige. Sur le col, théorie de libellules émaillées. Époque 1884.

Diam., 14 cent.

71 — *Pichet héraldique.* Cristal enfumé avec trame en iridium et frottis d'or, décoré d'un lion et de fleurons émaillés. Époque 1884.

Haut., 20 cent.

72 — *La Ballade des Dames du temps jadis.* Porte-pinceau, cristal enfumé, tramé d'oxyde vert dans la masse. Décor gravé et émaillé : personnages moyen-âgeux et devises tirées de la ballade de Villon. Époque 1884.
(Réédité pour l'*Histoire du verre en 1900*.)

Haut., 22 cent.

GALLÉ

73 — *La Ballade des Dames du temps jadis*. Hanap en cristal enfumé. Sur le pied, frise ornementale. Sur la coupe émaillée :
un joueur de tambourin en costume du XIIIᵉ siècle et la
devise : *La Ballade des Dames du temps jadis*. Époque 1884.

(Réédité pour l'*Histoire du verre en 1900*.)

Haut., 18 cent.

74 — *Eaux dormantes*. Urne de couleur somptueuse où jouent
les bleus et les verts. Décor de nuit féerique où volent des
libellules et des papillons. Cabochons de verre, taillés en
pierres précieuses ou en insectes.

Sur une face, l'inscription gravée et dorée sur fond vert :

La frisonnante libellule
Mire le globe de ses yeux
Dans l'étang splendide où pullule
Tout un monde mystérieux.

V. HUGO.

Sous le pied, date : *1889-90*, et insectes gravés.
Couvercle à bouton cristal bleu sur vert émeraude, simulant
un coquillage, et décoré de deux coquillages gravés.

(*Salon de la Société Nationale des Beaux-Arts, 1891.*)

Haut., 25 cent.

75 — *Fruit de pensée*. Petit flacon à parfums, en forme de fruit
méplat, gravé et intaillé de pensées violacées sur fond brun.
Bouchon vert turquoise en forme de pensée sculptée. Époque
1892.

Haut., 115 millim.

76 — *Les Primevères*. Urne aux nuances d'agates herborisées
passant du vert mousse au rose à l'or. Décor de fleurettes
épanouies, taillées dans la masse. Époque 1894.

Haut., 18 cent.

77 — *La Vigne-vierge*. Porte-pinceau en forme de cep, décoré de
feuillages et de baies de vigne-vierge aux tons gris-vert sur fond
brun de nuit.

Daté : *1894*.

Haut., 15 cent.

GALLÉ (Émile)

78 — *De tout mon cœur*. Porte-bouquet en forme de cornet posé sur un pied méplat. Cristal laiteux avec irisations variant du rose au jaune. Décor marqueté et gravé d'orchidées mauves. Sous le pied, parmi des pétales épanouis, l'inscription : *De tout mon cœur*. Époque 1895.

Haut., 15 cent.

79 — *Le Crépuscule*. Grand vase, de forme élancée, à fond bleu nocturne. Décor de feuillages et chatons de hêtre argenté qui retombent en poussière.

Porte l'inscription :

... Et l'arbre de la route
Secoue aux vents du soir la poussière du jour.
V. Hugo.

Époque 1897.

Haut., 51 cent.

80 — *Bouton d'iris*. Aiguière en marqueterie de cristal, dont les feuillages et les fleurs se détachent sur fond gris nébuleux. Monture ciselée en bronze massif; pied et anse tirés de l'iris. Le vers : *Nous monterons enfin vers la lumière*, suggéra à Gallé l'idée du vase. Époque 1898.

Haut., 39 cent.

81 — *L'Ancolie*. Cornet incrusté de métal et d'émaux translucides, marqueté d'ancolies aux feuilles beige, pailletées bleu, orange et gris-fer. Le vase, en forme de fleur, est posé sur un piédouche de cristal gris et soutenu par quatre antennes roses d'ancolie. Époque 1898.

Haut., 37 millim.

82 — *Papillons et orchidées*. Petit flacon rectangulaire avec bouchon. Décoré, sur une face, d'un plant d'orchidée ; sur l'autre face, deux papillons de nuit, ailes étendues. Décor taillé dans une masse d'iridium se détachant à la partie supérieure sur le cristal enfumé, et montant du sombre vers la lumière. Époque 1898.

Haut., 105 millim.

GALLÉ (Émile)

83 — *L'Automne*. Gobelet à décor de feuilles mortes sur fond mordoré, strié de noir dans la masse enrichie de paillons d'or. Époque 1900.

Haut., 17 cent.

84 — *Le Sommeil des Coccinelles*. Flacon à thé. Camées sur cristal. Décoré de fleurs de tulipes gravées s'élevant sur le fond gris crépusculaire et portant des coccinelles en cabochons d'améthystes. Époque 1900.

Haut., 24 cent.

85 — *L'Ail*. Vase soliflore de cristal gris à long col et renflement bulbeux à la base.

Un filet de cristal vert-pâle, simulant une tige feuillue, s'enroule au col, formant une petite anse. Époque 1900.

Haut., 32 cent.

86 — *Les Bégonias*. Gobelet intaillé à bégonias roses de Chine gravés sur un verre pâte d'or qui donne en transparence des reflets pourpre de vitrail. Époque 1900.

Haut., 17 cent.

87 — *La Pervenche*. Petit vase à section elliptique, de forme japonaise, en cristal imitant l'onyx, ponctué de mauve. Sur une face, pervenches marquetées.

Pied à imitation de jade, marron avec transparences vertes. Inscription gravée et dorée: *Pervincio*. Époque 1900.

Haut., 11 cent.

88 — *Flacon malaxé*. Bouteille à panse aplatie, divisée en quatre panneaux. Gravées d'orchidées sur fond violet sombre.

Datée : 1900.

Haut., 20 cent.

89 — *Les Anémones*. Vase bambou en cristal vert-sombre. Fleurs violettes, feuillages d'anémones gravés en creux très profondément ; les cœurs des fleurs sont marquetés de cristal jaune. Époque 1900.

Haut., 24 cent.

GALLÉ (Émile)

90 — *La Violette*. Veilleuse en forme de violette, reposant sur un pied de couleur opaline et marquetée de tiges et feuilles de violettes. Époque 1900.

Haut., 25 cent.

91 — *L'Office du soir à la Distillerie*. Flacon à liqueur en forme de gourde Cristal opalin. Décor gravé et émaillé : herbages balsamiques et moines dans leur distillerie.

D'après la nouvelle d'Alphonse Daudet : *Prions pour notre pauvre père Gaucher qui sacrifie son âme aux intérêts de la communauté.* Époque 1900.

Haut., 28 cent.

92 — *La Glycine*. Petit vase de couleur glauque, gravé de glycines à transparences mauves se dégradant en rose.

Sous le pied, une fleur de glycine gravée. Époque 1900.

Haut., 10 cent.

93 — *Le Coquillage*. Hanap en forme de coquillage reposant sur un pied où des algues prennent naissance. Cristal laiteux avec, en cloisonnement, des algues vert-mousse qui semblent flotter à la surface de l'eau. Époque 1900.

Haut., 32 cent.

94 — *La Solanée*. Flacon, au corps ovoïde, en cristal laiteux d'où s'élance, porté par deux feuilles contournées et formant anse, un long col strié de gris-vert. Corps du vase marqueté de fleurs et de feuilles avec cabochon gravé. Époque 1900.

Haut., 30 cent.

95 — *Petite gourde* à transmutation métallique en cristal topazé aux arborescences passant du gris au rose. Bordée sur les côtés de coulées métallisées. Époque 1900.

Haut., 13 cent.

96 — *Iris d'eau*. Fiole à long col en cristal marqueté et intaillé, décoré dans la masse de filigranes oranges, jaunes et violets. Bouchon floral, améthyste clair, vert et brun. Époque 1900.

Haut., 34 cent. 1/2.

GALLÉ (Émile)

97 — *Les Algues*. Flacon plat avec décor de coquillages, d'algues et de végétations marines aux reflets phosphorescents. Époque 1900.

Haut., 25 cent.

98 — *Les Orchidées*. Vase-jumeau et losangé, décoré orchidées roses sculptées à gros reliefs sur fond gris passant du bleu au rose; gouttes de rosée opaline.
  Daté : *1900*.

Haut., 25 cent.

99 — *La Vigne japonaise*. Flacon turquoise à décor de vigne japonaise, gravé en creux sur fond argenté et se détachant en vert avec quelques baies bleues et jaunes. Époque 1902.

Haut., 16 cent.

100 — *L'Orge*. Vase en forme d'épi renversé; cristal quadruplé, gravé en camée d'épis bruns sur agate blonde. Époque 1902.

Haut., 14 cent.

101 — *Les Dahlias*. Vase en forme d'amphore aplatie, portant, sur l'épaulement, deux petites anses latérales de cristal transparent, Divisé horizontalement dans la masse en deux zones sensiblement égales; la zone inférieure violet-bleu se dégrade légèrement pour passer à la zone supérieure où jouent les verts jaunes. Décor de dahlias gravés dans la masse. Sur la face principale, fleurs marquetées, l'une, de pétales roses et l'autre de pétales verdâtres. Époque 1902.

Haut., 23 cent.

102 — *Le Cyclamen*. Petit vase à trois becs, décoré d'une forêt prise en transparence dans la masse et de fleurs de cyclamen. Époque 1902.

Haut., 18 cent.

103 — *Fleurs marines*. Petit baguier sur pied, à reflets irisés et métallisés. Décor marin sculpté d'algues. Sur la face et au pied, coquillages en cabochons. Sous le pied, coquille gravée. Époque 1903.

Haut., 12 cent.

GALLÉ (Émile)

104 — *Les Hortensias*. Coupe lobée. De la base brune s'élève un paysage forestier qui se dégrade sur un fond rose de soleil couchant. Deux fleurs d'hortensias mauve-lilas s'étalent et recouvrent en partie le paysage. Sous le pied, une fleur gravée. Époque 1903.

Haut., 12 cent.

105 — *La Sauterelle*. Vase soliflore, décoré sur une face d'une sauterelle gravée, de couleur rose à l'or, volant, ailes étendues. Fond rose avec marbrures jaspées.

Monture argentée, formée, au pied, d'un anneau d'où partent deux tiges terminées en feuilles qui s'accolent à la partie supérieure. Signée : *Lalique*.

Époque 1900.

Haut., 25 cent.

106 — *Les Joyaux de la mer*. Petit vase sur pied, à fond rose sculpté. A droite et à gauche, formant garniture, poulpes de teinte ambrée. Sur une face, une étoile de mer bleue, gravée et marquetée. Métallisations sur le pied.

Daté : *1904*.

Haut., 12 cent.

GRANDHOMME (Paul)

ÉMAUX

107 — *L'Amour et les Muses*. Plaque d'émaux peints rehaussés de paillons d'or, représentant *l'Amour et les Muses*, d'après GUSTAVE MOREAU.

Signée.

Haut., 28 millim.; larg., 28 millim.

108 — *La Chimère*. Plaque d'émaux translucides et peints, d'après *la Chimère*, de GUSTAVE MOREAU.

Signée et datée : *1897*.

Haut., 12 cent.; larg., 9 cent.

109 — *La Licorne*. Plaque d'émaux peints en émail, d'après *la Licorne*, de GUSTAVE MOREAU.

Haut., 11 cent.; larg., 8 millim.

GRANDHOMME

110 — *Les Sirènes*. Plaque d'émaux peints et translucides, d'après *les Sirènes*, de GUSTAVE MOREAU.

  Signée.

Haut., 12 cent.; larg., 8 cent.

111 — *Léda*. Plaque d'émaux translucides et peints, d'après *la Léda* du musée GUSTAVE MOREAU.

  Signée.

Haut., 95 millim.; larg., 9 cent.

112 — *Portrait*. Petit médaillon circulaire, émaux peints représentant une tête de jeune fille vue de trois quarts.

  Signé du monogramme de l'auteur.

Diam., 25 millim.

113 — *Voix du soir*. Plaque d'émaux peints en émail, d'après *les Voix du soir*, aquarelle du musée GUSTAVE MOREAU.

  Signée.

Haut., 12 cent.; larg., 8 cent.

GRANDHOMME et GARNIER

114 — *Le Printemps*, grande plaque, émaux translucides, sur un paillon d'or, reproduisant l'une des figures du *Printemps*, de BOTTICELLI.

  Signée.

Haut., 30 cent.; larg., 145 millim.

115 — *Les Parques*. Petit médaillon circulaire, d'après *les Parques*, d'A. AGACHE (exécuté sous la direction du peintre).

  Signé des monogrammes des auteurs.

Diam., 65 millim.

116 — *Les Parques*. Médaillon circulaire, émaux peints et translucides, d'après *les Parques*, d'AGACHE.

  Signé.

Diam., 18 cent.

RODIN (Auguste)

CÉRAMIQUE

117 — *Femme et Enfant.* Vase Shangaï en porcelaine de Sèvres, aux tons réséda. Rang de perles bleues au goulot et au pied. Sur la face, modelée en gris ivoirin, femme nue aux formes souples et pleines, tenant un enfant sur son sein. A ses pieds, des plantes en fleurs.

(Reprod. pl. VI. *Roger Marx. Rodin céramiste.* Paris (Société de Propagation des Livres d'Art) 1907, in-4°).

Haut., 21 cent.

118 — *L'Aurore.* Vase Shangaï. Porcelaine de Sèvres. Fond bistre. Sur la panse, s'enroulant autour du vase, un paysage; un bambin nu, monté sur un coq, salue le soleil levant. Signé.

Haut., 21 cent.

119 — *Faune et enfant.* Vase Sanghaï. Porcelaine de Sèvres, céladon réséda vert. Sur la face, en légers modelés, comme une médaille estompée par le temps, un faune sous un pampre enlace un enfant debout sur un piédestal.

Au relief, faisant pendant, le même sujet esquissé. (Reprod. pl. VII. *Roger Marx.* Op. cit.)

Haut., 21 cent.

120 — *L'Enlèvement.* Vase Saïgon. Porcelaine de Sèvres à couverte céladon rosé.

La panse est divisée verticalement en deux compartiments encadrés de bleu. Ces compartiments sont réunis par des entrelacs bleus, cernant un médaillon noir, et par une guirlande de fruits en relief.

Sur une des faces : l'Enlèvement d'une nymphe par un homme nu. A leurs pieds, deux bambins. Sur l'autre face, une urne d'où s'échappe, parmi des plantes aquatiques, l'eau d'une source.

(Reproduit pl. IX. *Roger Marx.* Op. cit.)

Haut., 23 cent.

RODIN (Auguste)

121 — *Crépuscule*. Vase Shanghaï. Porcelaine de Sèvres. Fond bistre. Décor tel que le n° 115, à légers modelés gris. Sur la panse, s'enroulant autour du vase, un paysage crépusculaire : dans le ciel, les nuages glissent ; une chouette est perchée sur un arbre ; des voiles sont attachés aux branches ; un faune assis tient un enfant sur ses genoux.

Signé.

Haut., 21 cent.

122 — *Farandole bacchique*. Abat-jour en porcelaine de Sèvres. Satyres, sylvains, enfants, adolescents et bacchantes se pourchassent parmi des pampres. Décor tracé en gris et noir avec rehauts d'or, à la manière de certains émaux limousins du XVIe siècle.

(Reproduit pl. VIII. *Roger Marx*. Op. cit.)

Diam., 15 cent.

(*Ancienne collection Belet*.)

123 — *Le Rapt*. Plaquette en porcelaine de Sèvres, gravée d'un trait vigoureux et modelée sur fond gris à rehauts bistre : un homme nu marche en soulevant une femme dont la poitrine est découverte et la chevelure éparse ; au-dessus de la tête renversée de sa compagne, il presse une grappe de raisin.

(Reproduit pl. X. *Roger Marx*. Op. cit.)

Haut., 10 cent.; larg., 5 cent.

RODIN et DESBOIS

124 — *Sirène vue de dos*. Plaque de porcelaine de Sèvres, gravée sous couverte aux tons réséda. Etude pour le n° 127.
(Reproduit pl. XVII. *Roger Marx*. Op. cit.)

Haut., 12 cent.

RODIN (Auguste)

125 — *Danse de Sylvains*. Plaque rectangulaire en porcelaine de Sèvres, représentant une *Danse de Sylvains*, modelée en gris et bistre et rehaussée d'or.

(Reproduit en tête de la page 9 : *Roger Marx*. Op. cit.)
(*Ancienne collection Belet*.)

Haut., 5 cent.; larg., 9 cent.

RODIN (Auguste)

126 — *Sirène*. Plaque en porcelaine de Sèvres. Fragment d'un vase céladon. Un homme assis, vu de profil, lève les bras vers un Éros qui s'envole au-dessus de sa tête. Agenouillée devant lui, à ses pieds, et penchée contre sa poitrine, une sirène vue de dos.

Étude pour le vase n° 127.

(Reproduit pl. XVII. *Roger Marx*. Op. cit.)

Haut., 16 cent.

RODIN et DESBOIS

127 — *Les Limbes et les Sirènes*. Vase en porcelaine de Sèvres céladon blanc, orné d'une composition gravée sous couverte, représentant un homme assis entouré de trois sirènes : l'une cherche à l'enlacer; une autre sirène, seule, est vue de dos; une dernière, enfin, étendue sur le ventre laisse tomber dans l'eau sa chevelure.

Sous le groupe principal, le nom de Rodin, gravé dans la pâte.

Haut., 26 cent.

128 — *Le Masque*. Vase en porcelaine de Sèvres, céladon blanc, décor gravé sous couverte. Ce décor représente un masque géant, noyé dans le nuage où se perd sa chevelure; à droite et à gauche, une femme éplorée; puis Prométhée que semble fuir une nymphe vue de dos.

Sous ce dernier groupe, le nom de Rodin gravé.

Haut., 26 cent.

129 — *Les Centaures*. Vase céladon. Sur la panse, modelée en léger relief, centaures dans un paysage. Successivement, à partir de la signature : un pied-fourchu enlaçant une femme étendue sur l'herbe, un centaure et une centauresse de face, marchant enlacés, un centaure serrant une nymphe contre lui, et un autre centaure penché pour accueillir une nymphe éplorée.

Haut., 31 cent.

LALIQUE (René)

130 — Calice de cristal opalin revêtu d'une monture d'argent, découpée et ciselée de branches de pin formant corps avec lui. Signé à la base.

Haut., 20 cent.

MOREAU-NÉLATON (Etienne)

131 — Vase en grès, de tons gris beige, décoré de fleurs couleur brique.

Signé et daté : *1902.*

Haut., 21 cent.

ROCHE (Pierre)

132 — *La Mort.* Statuette de terre cuite vernissée. Debout sur un socle, le corps nu, les yeux clos, le menton entouré d'un bandeau, la Mort tend ses mains crispées.

Haut., 52 cent.

ROUSSEAU-LEVEILLÉ

133 — Présentoir sur pied, en verre transparent émaillé de couleur brique. La forme rappellant une coquille est terminée par un masque de femme en verre moulé.

Haut., 18 cent.; long., 33 cent.

134 — Vase à quatre pans, en verre transparent et craquelé. Sur les côtés, herborisations vertes et paillons d'or. Au pied, dans la masse également, une feuille d'or.

Haut., 15 cent.

ROZENBURG (Manufacture royale de)

135 — Théière à parois minces et transparentes. Fond bleu à décor de glycines au milieu desquelles une araignée tisse sa toile. Anse formée d'un ruban plat s'arrondissant au-dessus du vase.

Haut., 28 cent.

136 — Vase en porcelaine semi-transparente, surmonté d'une anse aplatie et formant arc au-dessus du goulot étroit. Décor de chrysanthèmes violets et bruns à feuillages vert-pâle.

Haut., 16 cent.

ROZENBURG (Manufacture royale de)

100. 137 — Porte-fleur à long col étroit flanqué de quatre anses élancées et aplaties, naissant de la base évasée. Décor d'orchidées épanouies, violettes et mauves aux feuillages vert pâle.

Haut., 28 cent.

70. 138 — Cafetière ansée à fond blanc, terminée par un long col. Panse à décor de capucines jaunes et brique aux feuillages gris-vert; sur deux côtés, oiseaux à plumages bigarrés.

Haut., 27 cent.

SÈVRES (Manufacture Nationale de)

55. 139 — Encrier blanc ivoire formé d'une capsule de pavot portée sur cinq pieds qui s'achèvent en étamines de pavot.

Haut., 8 cent.

90. 140 — Flacon en forme d'épis de maïs, sortant d'une gaine de quatre feuilles. Émaux jaunes verts. Petit bouchon stylisé.

Haut., 16 cent.

95. 141 — Pot à tabac de forme octogonale, avec couvercle surmonté d'un bouton. Porcelaine émaillée rouge et bleu.

Haut., 17 cent.

95. 142 — Petite théière vert pâle, formée d'un oignon. L'anse est constituée par une feuille qui s'enroule sur elle-même.
Sur le couvercle blanc, une abeille modelée.

Haut., 15 cent.

80. 143 — Vase gris-fer, orné au pied et au col d'irisations bleu intense, brillant sur le fond sombre et givré.

Haut., 19 cent.

115. 144 — Petit vase de forme balustre, en porcelaine givrée gris-perle sur fond blanc.
Socle et bouchon en bronze ciselé de baies et de feuilles de ronces.

Haut., 17 cent.

TENICHEFF (Princesse Marie)

145 — Coupe-papier en corne, orné à la poignée d'une figure de
femme en émail cloisonné, avec garniture de perles fines dans
la chevelure et sur le devant de la robe.

   Monogramme : *M. T.*

Long., 29 cent.

THESMAR (Fernand)
(1843-1912)

146 — Petite coupe en émaux translucides et cloisonnés : feuilles
et baies de gui sur fond gris bleuté.

   Au pied, avec le monogramme, la devise : *Rien sans art,*
1907.

Diam., 6 cent. 1/2.